기억의 쉼터

목차

가을바람

하늘빛 고운 가을날
불어오는 바람에
마음부터 쓸쓸해진다.
찔찔 땀 흘리던 여름날이 지겹지도 않았는지.

슬퍼 마오

내게 온 것도 인연이지마는
나를 떠나는 것도 인연이라오.
사계절 중
내가 좋아하는 계절이라고
오래 머물답까?
때가 되면 다음 계절이 오고야 말지 않습니까.
봄 여름 가을 겨울
때 되면 떠나가듯
우리의 모든 인연은 그렇게 순환하는 것 아니겠습니까.
내게 온 인연이 떠나갈 땐
잡지 말고 보내 줍시다.
다음에 또 다른 인연이 올 것을 기다리면서
돌고 도는 인연의 바퀴
도는 대로 같이 돌아갑시다.

인생길은 편도가 아니야

세상살이 내 마음대로 시작한 것 아니듯이
세상살이 끝내는 것도 내 마음대로 안 되는 거지.

어느 날 우연처럼 왔다가
어느 날 우연처럼 간다네.

영원히 편도 길만 있는 듯 착각 속에 살다가
돌아가야 할 길이 있다는 걸 깨닫는 순간
슬픔과 회한이 밀려오지.

이럴 줄 알았으면 욕심도 덜 내고
세상만사에 애착도 덜 가질 걸 하고
후회는 항상 뒤에 오는 법
이제부터라도 남에게 베풀고 선하게 살다 보면
가는 발걸음 가벼워지지 않을까.

많이 가진 자 빈손인 자 유식한 자 무식한 자
올 때처럼 갈 때도 똑같다네.

까맣게 잊었네

이마를 만질 때마다
아프다 아프다.
왜 아프지?
왜 아프지?
하루종일 이유가 궁금했다.
방금 세수를 하다가
문득 생각이 났다.
어제 다용도실 선반에 부딪힌 게.
아휴
내 정신!

대파 한 단

대파를 보니 명숙이 생각이 났다.
예전에 아주 오래전에 끓여 줬던
대팟국이 떠올라서.
처음 먹어 본 대팟국이어서
기억에 남아 있는 모양이다.
나도 오늘 대파 한 단을 샀다.
소고기 넣고 팟국을 끓여 봐야겠다.
죽마고우도 거리가 머니 마음도 멀어진다.
소식 전한 지가 언제인지 모른다.
대팟국 먹으며 네 생각이 났다고 전화해 봐야겠다.

벚꽃

그냥
너를 보낼 수는 없어서
드라이브로
너를 만나고 왔어.
오래 만날 수 없어도
마음에
눈에
너를 품을 수 있어 행복했어.

양수리 강가에서

이런 날이 올 줄 몰랐네

복사한 듯이 한 번 본 것 들은 것
머릿속에 다 들어가더니
이젠 금방 한 일도 돌아서면
까맣게 지워진다.
이런 날이 올 줄 몰랐다.

몇 시간을 걸어도
끄떡없던 다리는
이제 앉았다 일어날 때마다
곡소리가 나온다.
이런 날이 올 줄 몰랐다.

뭘 먹어도 맛있고 돌아서면 배고프더니
이젠 썩 맛있는 것도 없고 먹고 나면 더부룩하다.
이런 날이 올 줄 몰랐다.

세상이 온통 무지갯빛처럼 밝게 보이더니
이젠 돋보기 안 쓰면 모든 게 희미하게 보인다.
이런 날이 올 줄 몰랐다.

봄 여름 가을 겨울
난 어디쯤 가고 있을까?
지난날이 모두 그립고 그립다.
이런 날이 내게도 와 있다.
올 줄 몰랐는데.

봄바람

무릎 베고 누우면
살포시 머리 쓰다듬어 주던
엄마의 손길 같던 봄바람이
올해엔
옷섶 풀어 재끼고 대드는
반항아 같은 바람으로 변했다.

세상이 변한다고
너도 변했니?
마음 고쳐먹고 우리 곁으로 오렴.
따뜻하게 웃음 지으며
우리 모두 너를 기다린다.

보름달 그대

동그란 보름달이 되면
언제나 내 창가에 떠서
환하게 웃으며 안부를 묻는다.
그동안 잘 있었냐고
힘든 일은 없었냐고.

나는 반갑게 그대를 만나
환한 얼굴이 좋다고 칭찬을 해 준다.
아무 걱정하지 말라고
하루하루 즐겁게 잘 살고 있다고
보고 싶어 기다렸노라고.

또 보름 후에 만나자고
약속을 하고 우리는 짧은
소리 없는 데이트를 하고 끝낸다.
잘 가요, 그대.
잘 있어요, 천사.

밤길

밤길을 걷는다.
밤하늘을 밝혀 주는 달도 친구
보석처럼 빛나는 별도 친구
흐른 땀 식혀 주는
지나가는 바람도 친구
친구들과 무언의 대화를 나눈다.
평안한 하루에 감사하자고.
약속을 했다.
내일 또 만나자고 인사를 하고 헤어졌다.

밤빗소리

깜깜한 밤에 또르륵 또르륵
밤비가 소리를 내며 내린다.
멀리 떠났던 연인이 다시 돌아온 듯
반갑고 설렌다.
다시는 기다리게 하지 말고
애타게 하지 말고
필요할 때 꼭 와 주시길.
메마른 하천
메마른 논과 밭
온갖 풀들이 단비 소식에
함성을 지르며 축제를 열 거야.
고마워서 노래를 부를 거야.

혜경궁 홍씨

여인이여
여인이여
가슴속 아픔을 어찌 삭이며
살아갔을꼬!

지아비가 광기로 시달리는 걸
지켜보아야 했던 여인
참 무서운 사람이란 말을 남기고
죽임의 길로 나서는
지아비의 뒷모습을 지켜봐야 했던 여인
그 속이 속이었을까.

경춘전 뜨락을
눈물로 적시며 방황했으리라.
아프다고 말도 못 하고
가슴엔 비를 품고 살았으리라.

한 번도
만난 적 없이
살았던 사람

한 번도
보낸 적 없이
이별한 사람

여인은
그렇게 아파했다.

엄마

엄마는 언제나 눈물
가슴 먹먹해지는 말

엄마 되어 보니
쉽지만은 않은 역할

궂은 일
좋은 일
자식으로 울고 웃고
그렇게 사셨겠지.
긴 세월

엄마
언제나 눈물 나게 하는
생각과 말

세상에서 가장 아픈 말
엄마

꽃비

꽃비가 내린다.
아름다운 4월의 봄날
마음 가득 설렘
저절로 입가엔 미소
재주꾼 봄 그리고 꽃
이런 사람이 되고 싶다.
봄 같은 사람
꽃 같은 사람

봄의 향연

아른아른한 연녹색의 잎이
15세의 소년처럼 나풀거리고
아련한 분홍빛 꽃잎이
수줍은 미소를 머금고 있다.
4월의 봄날은
육십 넘은 우리에겐 꿈길에서나
나타날 것 같은 연하디연한 봄의 향연
내가 꽃이 아니니
내가 나뭇잎이 아니니
그저 바라보는 재미
가슴 속에 저장하고 싶다.
이 봄이 홀연히 가 버리드라도
가슴속 봄을 두고두고 기억한다면
아름답게 일 년을 보낼 수 있으리라.
육신은 가을 문턱에 있을지라도
마음속 봄을 꺼내면서 아름다운
꿈을 꾸며 살고파라.
영원한 나의 봄을.

사랑은

사랑은 소유가 아니고
그대로 바라보고 기다리는 것
그림처럼 침묵으로 즐기는 것
순수하게 마음속에 담는 것

사랑은 마침표가 없고
언제나 변함없이 흘러
한곳에 모이는 것
우물물처럼 고여 잔잔히
내려다보는 얼굴
비추게 하는 것
사랑은 마음에 낙인처럼 남는 것
영원토록.

봄이 오나 보다

바짝 다가온 봄
바람에도
나무에도
우리의 마음에도

사람과 사람 사이
하늘과 땅 사이
나무와 바람 사이

아름답고
희망과 설렘으로
가득하길.

흰 눈 1

하얀 눈이 소리 없이 내린다.
겨울의 끝자락을 하얗게 장식하려나 보다.
세상의 어지러움 더러움 다 덮고 싶나 보다.
눈처럼 살고 싶다.
남의 허물 덮어 줄 줄 아는 아량 넓은 사람
늘 남에게 기쁨을 줄 수 있는 사람
그런 사람으로 살고 싶다.
하얀 눈처럼

때론 귀찮다

바람이 몹시 부는 날
비나 눈이 내리는 날
몸이 찌뿌둥한 날
때론 귀찮다.
길고양이 밥 배달하러 가기

아주 추운 날
아주 더운 날
일이 있어 밖에서 늦게 돌아오는 날
때론 귀찮다.
길고양이 밥 배달하러 가기

그래도
배고파 여기저기 돌아다닐 고양이를 생각하면
멈출 수가 없다.
세상에 태어나 적어도 배는 곯지 않고 살다 가야지.
생명체의 기본권 아닌가.

나를 기다리고 아옹아옹 인사하는
녀석을 보면 귀찮음이 기쁨으로 바뀐다.
보람 있고 행복해진다.

아픔

저도 쌓인 게 있겠지.
토해 놓은 게 별거 없더라도
아픔이었을 거야.
진작 다독여 주지 못한 죄
믿거라 방치했던 죄
모든 게 내 죄려니
두고두고 마음이 언짢아.
가시방석

그대가 있으매

햇빛 찬란한 겨울 아침
한 줄기 빛처럼
그대에 대한 그리움
살짝 머리를 든다.

심연에 자리 잡은 그대
하루에도 몇 번씩 떠오르는 그대
그대가 있어 행복하다오.
추억의 한 장면에 울고 웃고
나
그대 있으매
행복한 여인이라오.

식은 커피 한 잔

아침에 금방 내린 커피는
따끈하고 향도 구수하고 좋더니
남은 커피는
차갑고 쓴맛만 남았다.
내 모습 같은 커피
오며 가며 한 모금씩 마신다.
나를 마신다.

또 한 해가 저문다

한 해의 꼬랑지를 살고 있다.
특별한 기억에 남는 일 없이
무채색으로 살았다.
기왕 사는 거 알록달록 꽃처럼 살면 좋으련만.
노년으로 접어들면서
눈으로만 꽃을 본다.
마음으로만 꽃을 본다.

이쁜 마음

꽃처럼 이쁘지 않아도
단풍처럼 곱지 않아도
마음 내어 내 주변을 살피고
말 한마디 따뜻하게 건네면
아름다운 사람으로 살게 될 거야.
세상살이 녹록지만은 않지만
그렇게 살다 가야지.
마음만은 이쁘게.

너만 외로운 게 아니야

하늘빛도 회색
내 마음도 회색
나는 뭔가 생각하면
눈물이 핑 돈다.
누가 옆에 없어서라기보다
나 스스로 느끼는 외로움
본디 인간은 혼자인 것을 아는데
이제 늙어서 혼자를 지탱한다는 게 버거운가 보다.
마음의 지렛대 한 개를 장만해야겠다.
너만 외로운 게 아니야.

짧은 하루

아침에 눈 뜨고 어정버정하다 보면
해가 지고 하루라는 시간이 저문다.
별일도 한 게 없이
시간의 흐름이 이렇게 빠름은
그만큼 늙었다는 이야기인가.
가는 세월 안타까워하던 때도 있었지만
이젠
그것 또한 무모한 짓 같아
가는 대로 흐르는 대로
두둥실 같이 흘러갈 생각이다.
이래도 가고 저래도 가는 하루
너도 가고 나도 가고
그냥 가 보자.

단풍도 시든다

가을을 아름답게 수놓은 단풍
마지막 꽃을 피웠다.
온 힘을 다해
그러나 세상엔 영원이란 없으니
단풍도 한때
시들어 가고 있다.
바람에 힘없이 날리고 있다.
그래서 아프다.

아버지 생각

어릴 적 무릎에 딱쟁이가 아물기도 전에
또 넘어지는 나를 보고
"넌 비지죽을 먹었니? 왜 그렇게 넘어지냐?" 하시며
상처에 아까징끼를 발라 주셨지.
한동안 뜸하더니 태국 여행 가서 대로에서 한바탕 춤추듯
넘어지고 며칠 전 우체국 갔다가 계단 턱에 걸려 멋지게
넘어졌다.
두꺼운 바지 덕에 피는 안 보았지만
무릎에 큰 멍이 들었다.
오늘 파스를 바르며 문득 아버지 생각이 났다.
"아버지, 나 또 넘어졌어. 비지죽도 안 먹었는데...."

그때 그랬어

산책하다가 많은 비로 하천에
황토색 물이 넘실대며 흐르니
아주 옛날 추억이 떠올라 피식 웃었다.
국민학교 1학년 때
아버지가 내 동생이랑 나랑 데리고
포천에 참외를 사러 갔다.
시외버스를 타고 갔는데 오늘처럼
비가 억수로 쏟아져서 가는 길
차창 밖엔 황톳빛 물이 무섭게 흐르는 하천이 보였다.
지루하게 시골길을 한참 가다 보니
오줌이 마려운데 참을 수밖에 없었다.
중간에 서는 정류장도 없고
휴게실도 없고 너무 괴로웠다.
종점에 도착하여 내리자마자
난 그냥 오줌을 쌀 수밖에 없었다.
그 순간 이 치욕을 벗어나기 위해
머리를 썼다.
아버지를 쫓아 빨리 뛰어가지 않고
장대비를 쫙 맞았다.
비에 옷이 함빡 젖도록

오줌 싸서 옷이 젖은 게 아니고
비에 젖은 것처럼.

로또 복권

가끔 복권을 산다.
내 임의로 한 줄에 여섯 숫자를 골라 넣는다.
일등에 당첨되면 어떻게 쓸지를 계획하면서.
상상하는 동안은 가슴에 풍선이 달려 날아오른다.
불우이웃도 돕고 유기동물 보호단체에도 주고 아들딸도
조금씩 주고
그러나 꽝이면 다른 곳에 좋은 일로
쓰인다니 가책이나 아쉬움도 없다.
내가 되면 더 좋고 안 돼도 좋다.
오천 원의 행복
가끔은 꾸어 볼 만하다.

옛날 안경

20여 년 전 남편이 해외 출장 갔다 오며 안경테를 선물했다.
위는 무테이고 아래는 금테인
약간 언밸런스한 모양이어서
투덜댔더니 남하고 달라 개성 있고
얼마나 좋으냐고 했던 안경
한동안 잘 쓰다가 유행이 바뀌어
서랍 속에서 잠자던 안경
얼마 전 서랍 정리하다가 알도 큰 편이라서
선글라스로 바꾸면 괜찮겠다 싶어서 알을 바꾸었다.
어차피 나는 선글라스에도 도수를
넣어야 하니 명품 선글라스도
필요 없는 사람이다.
오늘 안경원에서 찾아 써 보니
생각보다 괜찮다.
남편의 마음이 부활한 것 같은 기분도 들고
잘했다고 씩 웃을 것 같다.
멀리서도.

초승달

이른 저녁 하늘 서쪽에
그리움이 걸렸다.

가녀린 여인 같은 초승달
그리운 님
가슴에 묻고
먼 산을 바라본다.

노을빛 가시지 않은
가을 하늘에.

꿀떡

어릴 적 동네에 떡 장수가 다녔다.
목판을 머리에 이고
엄마가 떡 장수를 부르면
마루에 목판이 내려졌고
우리 형제들은 군침을 삼키며
목판 주변에 모여 앉았다.
각자 먹고 싶은 떡을 고른다.
난 언제나 흑설탕 국물에 잠긴 꿀떡을 골랐지.
손바닥 반만 하고 두툼한 흰 찰떡이
흑설탕 물에 담겨 있던 그 떡을.
내 동생은 언제나 바람떡을 고르고
한입 베어 물면 흑설탕의 특이한 맛이 환상적이었다.
며칠 전 인터넷에 없어서 못 판다는 꿀떡 광고가 떴다.
멀리 대구에 있는 떡집이란다.
그리움에 얼른 신청했다.
며칠 후 도착하여 박스를 열어 보고 실망했다.
얇고 작은 떡의 모습에
한입 베어 물곤 더 실망.
유년 시절의 꿀떡에 대한 그리움이
통째로 날아간 날이었다.

혼자 어떻게 살고 있을까

평생 내 손이 안 닿으면 아무것도 못 했는데
누구 손을 빌려 살고 있을까?
손톱 발톱 누가 잘라 주고 귓밥은 누가 파 주고
샤워 준비는 누가 해 줄까?
속옷부터 겉옷까지 내 손을 거쳐야 외출을 했는데….
불편하다는 소식이 없는 것 보니
혼자서도 잘하고 사는지
아님 저승엔 그런 일 안 하고 살지도 몰라.
저승에 보내 놓고도 가끔 문득문득 걱정된다.

봄비 오는 날이면

엄마가 꽃을 좋아하셔서 마당엔 꽃밭이 있고
각종 꽃을 다 심었다.
비 오는 날이면 이웃집끼리 꽃모종을 나누는 날
이 집에선 겹봉숭아
저 집에선 겹채송화
과꽃 분꽃 양귀비 코스모스 달리아 해바라기
키 순서대로 꽃밭을 가꾸셨지.
꽃이 만발할 때면
지나가는 사람들도 보라고 대문을 열어 놓고
우리 집은 집 전체를 담쟁이넝쿨이 뺑뺑 돌려 올라가서
여름엔 초록색 집 가을엔 빨간색 집이었다.
포도송이처럼 생긴 열매 따서 소꿉장난도 많이 했지.
담쟁이꽃이 피면 벌이 날아와 윙윙 소리가 끊이지 않았고
어릴 적엔 한없이 넓은 집인 줄 알았는데
어느 날 동생이랑 옛날 집을 찾아가니 너무 좁아서 놀랐다.
어릴 땐 왜 그렇게 넓고 멀게 보였을까?
자기 키를 기준으로 세상을 보았나 봐.
그립다 그 시절이.
돌아갈 수 없는 시절이라서 마음속으로는 단념했는데도
봄비 오는 날이면
그냥 그립다.

긴 밤

나갔다 오니 꿀맛처럼 달콤하고 맛있게 잠이 들었다.
그 꿀맛은 두 시간 만에 허무하게 끝이 났다.
엎드렸다 모로 누웠다 아무리 용을 써도
시간만 지나가지 다시 잠이 안 든다.
쥐꼬리만 한 꿀맛
좀 더 자면 얼마나 좋아.
괘씸한 잠이란 놈
아~ 이 긴 밤을 어이하지?
황진이도 아닌 것이
굽이굽이 접었다 펼 님도 없는데.
긴 밤
밤이 무섭다.

흰 눈 2

말없이 조용히 내렸다.
언제 왔는지 모르게
소복하게 쌓인 길을 걸어 본다.
뽀드득뽀드득 소리에
기분이 좋다.
어린 시절로 돌아간다.
흰 눈은 할머니를 동심으로 돌아가게 하는 능력이 있네.
흰 눈은 할머니를 기쁘게 하는 능력이 있네.
오늘 밤
하얀 밤
행복한 밤

당신은 행복하십니까

당신은 행복하십니까 묻는다면
나는 '행복합니다' 답할 거야.
큰 꿈이 없어서
작은 꿈 하나만 이루어져도 행복하고
여러 가지 병이 있어도
약 먹고 조절할 수 있어.
움직이는 데 지장 없으니 행복하고
겨울바람 볼을 스치는데
춥지 않고 상쾌한 기분 들어 행복하고
머리 손질하지 않아 모자 눌러쓰고 나가도
멋있다고 추켜 주는 친구들이 있어 행복하고
어두운 집에 들어오면
나를 반기며 야옹거리는 유월이가 있어 행복해.
행복은 조건 충족이 아니고
조건 없이 그냥 느끼는 거야.
사랑처럼.

달맞이꽃

그대가 그리운 날
난
산책길 끝에 피어 있는 달맞이꽃을 보오.
그대가 미소 짓고 있는 것 같은
노란 꽃
날 기다리고 있었소?
반가움에 당신인 듯 보입니다.
40여 년 전 GP 매복 갔다 돌아오며
달밤에 환하게 핀 달맞이꽃을 꺾어
책갈피에 넣었다가
그리움을 삭여 나에게 보냈던 그날들을
기억합니다.
그대가 그리울 때 난 달맞이꽃을 봅니다.
그대를 만난 것처럼
그대가 그랬던 것처럼.

영순네 형제들과의 상봉

걱정을 했다.
서로 알아볼 수 있으려나 하고.
우리가 서로 못 본 지 거의 50년이 되었으니.
그러나 기우였다.
호텔 식당에 들어서자마자
낯익은 얼굴이 눈에 띈다.
영순이 엄마의 얼굴이 거기에 있었다.
서로 알아보고 손을 흔들고
얼싸안고 우리는 상봉의 기쁨 반가움을 나눴다.
영순이의 죽음으로 우리는 만났다.
그냥 죽음을 이야기하면서도 슬프지 않았다.
왔다 가는 의례인 것처럼 그렇게 이야기를 했다.
우리는
어릴 적 앞집에 살면서
이웃사촌으로 친밀하게 살았던 이야기를 나누며
하하 호호 웃기까지 했다.
이제 죽음은 나의 이야기이고 우리의 이야기였다.
낯설지 않은
영철이 오빠 영식이 영길이
모두 그동안 잘 살아온 것이 표정이며 몸에 배어 있었다.

고마움이 느껴졌다.
내 이웃이 잘 살아온 것에 대하여.
그동안 못 만나고 살았지만 이제부터는 서로 연락하며
만날 것을 약속했다.
가슴 속이 훈훈해졌다.

밤비 내리는 밤

밤비는 자장가
다독여 주는 엄마의 손길 같은 빗소리
추르륵 따륵 따륵
추르륵 따륵 따륵
홑이불 덥고 누우면
금방 꿈나라 여행을 할 것 같은 밤
비 오는 밤
빗소리에 취해
마음은 차분히 가라앉고
누구든 용서할 것 같은 밤
세상 근심 이 빗소리에 다 묻고
행복 여행 가고 싶은 밤
밤비야
나 잠들도록 내려라.

양파장아찌

자잘한 양파 한 자루를 샀다.
청양고추 매실청 간장 물 식초
팔팔 끓여 장아찌를 담갔다.

혼자 먹는 입에 얼마나 먹겠다고
껍질 까면서부터
누굴 줄까 궁리를 한다.

언제나 습관처럼 담그는 장아찌
내 입보다는 다른 사람 입을 생각하며
담그는 장아찌
맛있게 되면 좋겠다.

오늘 하루

해가 지고 달이 뜨고
달이 지고 해가 뜨듯
자연스럽게 하루가 지나간다.
5월의 꽃들이 무심히 피어 있듯이
그냥 하루가 흘러간다.
흐르는 대로
가는 대로
무심하게 보내는 하루
또 다른 하루를
또 그렇게 살면서 보낼 거야.
내일 하루도.

인연(영순이를 생각하며)

봄꽃의 향연을 채 즐기지도 못했는데
그대는 어디로 가시려고 합니까.
서둘러
그렇게 가신다면
내 막을 길은 없으나
가슴 미어지는 아픔
어찌하면 좋겠습니까.
가시더라도
찬란한 봄이 아픈 봄으로 기억되지 않게
천천히
숨 한번 고르고 가십시오.
세상과의 인연이 다 하셨다면
내 막을 길은 없으나
꽃바람 한번 쐬고 가십시오.
아프고 아쉬운 봄날이 되지 않게.

아침 일상

유월이의 성화에 눈을 뜬다.
내가 움직여 거실에만 나와도
유월이는 임무를 완수한 기쁨이 있나 보다.
소파에 다시 누워도 그다음엔 아무 소리 않고
내 다리 사이에 엎드려 있는 걸 보면
CD 플레이어를 눌러 7080 팝송을 듣는다.
요즘 노래보다 익숙하기도 하고
고향에 온 듯한 평화로움이
하루 시작을 편하게 해 준다.
어제 내려 마시다 남은 커피를 전자레인지에 1분 데워
목을 축인다.
컴퓨터의 시작 버튼을 눌러 두고
양쪽 방의 구피 먹이를 주고
이쁜 짓 한 유월이에게도 포상처럼
맛있는 간식을 한 줌 준다.
이제는 봉지 소리만 들어도 냅다 뛰어가
밥그릇 앞에 정좌하고 기다린다.
이쁜 놈
컴퓨터 보기가 끝나면 화단의 꽃들에게 인사할 차례
명월초 새잎이 여기저기 나오고

작년에 있던 들깨가 씨를 떨구어 무더기로 싹이 올라오니
솎아서 띄엄띄엄 심어 준다.
별로 먹지는 않아도 자라는 것 보는 것만도 즐겁다.
CD를 갈았다.
모차르트의 관현악 연주로.
게으른 할매의 늦은 아침 일상이다.
달력을 보고 토요일이구나 주말이구나를 아는
할 일 없는 할매
혼밥을 먹고 산책도 하고 마트도 들르고
설렁설렁 4월의 봄날을
내 생애의 하루를 지내봐야지 감사한 마음으로.

봄날 오늘

유월이를 무릎에 올려놓고
카페에서 나오는 음악을 듣는다.
"유월아 음악 좋지?"
"앙!"
내 무릎에 올라오면 편안히 자리를 잡고
내 얼굴을 빤히 쳐다본다.
"엄마가 세상에서 제일 좋아." 하는 표정으로
사랑은 이렇게 오고 가는 거다.
자판을 두드리는 사이사이 열심히 머리를 쓰담쓰담 해 주면
행복해하는 유월이
보고 있노라면 나도 행복을 전해 받는다.
감기로 열흘 정도 앓다가 거의 마무리 단계인데 병원에 갈까
말까 하다가
병원 들러 약 처방 받아 약국에 들렀다.
노부부가 하는 약국이다.
할머니는 약사
할아버지는 컴퓨터에 처방전 저장하는 일을 한다.
다른 약국에 비해 비교적 한가한 동네 약국인데
몇 번 가 보니 항상 클래식을 틀어 놓고
두 분이 정답게 일을 한다.

늙어서 같이 할 수 있는 일이 있고
같이 해로하는 부부가 부럽다.
갑자기 날이 어두워지며 바람이 세게 불면서 비가 내렸다.
나간 길에 마트 들러 오이소박이 담글 오이 열 개 사고
목욕탕 들러 땀 빼고 때 빼고
목욕탕 주변 고양이 밥 좀 놔 주고 왔다.
오늘 내린 소나기 덕분에 흙강아지 내 차도 때를 뺐네.
봄날 오늘 이렇게 보냈다.

심술 났나 봐

파릇파릇 새싹이 돋고
가지마다 꽃 몽우리 움트고
겨우내 모진 한파 견디어 낸 산천초목들
따사로운 햇볕에 기지개 좀 켜려는데
봄바람이 세차게 분다.
심술 났나 봐.
이대로 봄이게 놔두지.
팔랑팔랑 꽃 피게 놔두지.

밤에 내리는 비

봄비인지 겨울비인지
깜깜한 밤에 소리 없이 내린다.
가슴이 싸하게 아프기도 하고
가슴이 차분해지기도 한다.
무엇이면 어떠하랴.
내가 무엇으로 받아들이느냐에 달렸지.
소리 없이 내리니 좋고
밤에 내리니 좋고
내 가슴속을 흔들리게 하니 좋다.
내려라, 비야.
내려라, 밤비야.
네가 무엇이든 밤새 내려라.

소리 없이 내리는 눈

말없이 조용히 눈이 내린다.
세상 온천지를 덮는다.
하얗게 하얗게
작년 한 해 어둡고 쓸쓸했던 세상
지지고 볶던 세상
하얀 눈으로 덮고 새 출발을 했으면 좋겠다.

흰 눈처럼 포용하는 맘이면
이해 못 할 게 어디 있으랴.
용서란 조건이 어디 있으랴.
무조건
무조건
그냥 처음인 듯 시작해야지.
흰 눈처럼
말없이.

첫눈 오는 날

하얀 눈이 펄펄 내리는 날
첫눈 오는 날
가슴이 철렁 내려앉았소.
내가 모르는 사이
그대가 온 것 같았소.
언젠가 첫눈 오는 날
"첫눈 온다, 봐라." 전화했던 그대
당신이 멀리 간 뒤로
첫눈은 그대
그대를 생각하는 날이 되었다오.
당신이 온 듯
그리움 너머 그대가 온 듯.

단풍

곱디고운 옷으로 갈아입은 나무
마지막 몸부림이다.
예상한 이별을 기다리는 마음
아파도 웃는다.
그날까지 아름다운 모습으로 기억되길 바라며.
처연하다.

머리카락

나날이 가늘어지고 힘이 없다.
뻣뻣하고 빽빽하던 머리카락이.

앞머리 숱은 점점 빈 곳이 늘어나고
푸실푸실 광택도 잃었다.

머리 감고 수건으로 털면 세면대에 나뒹구는 머리카락
아깝다.
어느새 귀한 존재로 머릿속에 각인이 됐네.

머리카락뿐이겠는가.
온몸 구석구석 찾아온 노화 증상이겠지.

인정하자.
젊음은 꼬리를 감추고 없다.
미련을 버리자.
한번 떠난 젊음은 오지 않는다.

그리움

소슬바람 불고 낙엽이 휘날리면
노란 은행잎 길가에 쌓였던
적선동 그 길이 그립다.
마냥 꿈을 꾸며 웃음을 날리던 그 시절
무엇이 될까?
뭘 하며 살까?
아무것도 없고
그저 행복했다.
당장 지금이 그냥 행복했다.
그렇게 살았던 그 시절은
먼 시간 뒤로 사라지고 없다.
이 가을에 은행잎은 그대로 노랗게 쌓였을 텐데....

커피는 내 친구

눈 뜨면 너부터 찾는다.
식은 어제의 커피는 버리고
새로운 물 붓고 따끈한 너를 마신다.
쓰지만 구수하기도 한 너는 나의 친구
매력덩어리
심심할 때도 한 잔
눈물이 나도록 슬플 때도
너를 마시며 난 위로를 받는다.
너와 난
아마도 이 세상 끝날 때까지
함께 갈 영원한 친구

세월이란 놈

잘도 간다.
말도 없이.
벌써 한 해 꼬랑지를 향해 가고 있네.
썰렁한 바람을 몰고
알록달록 단풍도 붙이고
야속한 마음이 든다.
어쩌라고 말없이 이렇게 빨리 지나가는 거야.
내 머릿속엔
봄도 여름도 아직 남아 있는데....
난 숨 헐떡이고 널 쫓아간다.
세월이란 놈 너를.

고마워

이렇게 더운 맛은 처음 느꼈어.
여름이라는 계절이 이럴 수도 있구나.
산들바람 살짝 부니
감로수를 마신 듯 시원하구나.
힘듦의 도수를 높여 준 올여름 더위
고맙다.
어려움을 알게 해 주어서.
세상살이하다 보면
어려운 일 많을 거야.
이겨내는 힘을 갖게 해 주어 고마워.

여름밤

장맛비가 그친 밤
맹꽁이가 울기 시작한다.
암놈 부르는 소리인가?
목이 쉬도록 밤새 우는 맹꽁이
고요를 깨우는 소리
정겹다.
밤새 너랑 나랑
보이지 않는 손짓이나 해 보자.

6월의 하루

어제나 오늘이 거의 같은 하루가
어김없이 지나간다.
젊어서는 하루가 알록달록 진하게 반사하더니
65세의 하루는 반사판도 없는 듯
어둡고 밝은 정도만 느껴진다.
저항할 힘도 의욕도 없다.
그러나
포기하지는 않는다.
단순해진 일과에 감사하고
강가에서 조약돌 줍듯
하나씩 둘씩 모아 볼 테다.
반짝이지 않아도 소중한 나의 하루하루를.

밤꽃

스멀스멀 밤꽃 내음이 바람 타고
내 후각을 자극한다.
별로 상큼하지 않은 내음
꽃이라면서 왜 저런 냄새를 풍길까?
내 집 앞산에 온통 밤꽃으로 장식을 했네.
밤엔 더욱 짙게 느껴지는 밤꽃 향
저 냄새에 과부가 바람이 난다더니
정말 그럴까?
난 전혀 모르겠다.
아카시아 향기 라일락 향기라면 모를까.
진한 밤꽃 향에
머리만 아픈 밤이다.

사계절

봄엔 이쁜 꽃을 보고 즐거워하고
여름엔 푸른 산 푸른 바다를 보고 즐거워한다.
가을엔 알록달록 단풍의 아름다움에 취하고
겨울엔 소담하고 백색에 감탄한다.

우리네 인생도 이와 같다.
어린 시절엔 갓 피어난 꽃과 같이 이쁘고
청춘엔 보기만 해도 시원하고 활기찼다.
중년엔 산전수전 다 겪고 소탈하게 빛나고
노년엔 모든 욕심 다 버리고 하얀 공백의 마음이 될 것이다.

제철에 맞는 꽃이고 푸른 산이고 바다가 되자.
나이에 맞는 단풍이 되고 백설이 되자.
아름다운 것이 가장 행복한 인생이다.

햄버거

햄버거집에 왔다.
지나가는 길에 햄버거집이 보이고 시간이 되면 핸들을 튼다.
미국에 처음 갔을 때 맥도날드 맛에 반해서
시간만 나면 남편 몰래 햄버거 가게에 들렀다.
이렇게 편리하고 맛있는 음식이면
매일 먹었으면 좋겠다고 생각했다.
아들의 미국 이름을 맥도날드라고 지을까 할 정도로.
그 후 서울에 와서는 친정이 그리울 때
이태원 햄버거집에 가면 마음이 가라앉아서
친정 고픔과 배고픔을 동시에 해결했던 곳이다.
내가 사는 곳 가까이 햄버거집이 생길 때마다
난 친정집이 가까워지는 기분이 든다.
혼자서도 자유롭게 먹고 즐길 수 있는 곳
난 영원한 햄버거 팬이다.

딸에게

온 세상 꽃바람으로 출렁이는 5월에
흔들림 없이 나의 가슴에 꽃을 꽂아 주는 친구
내 딸아
애미의 어벙한 행동에
바늘 되어 가끔 찌르기도 하지만
노엽지도 않고 서운하지도 않음은
널
언제나 믿고 사랑하기 때문이라오.
이제는 나의 보호자처럼
정다운 친구처럼
말벗이 되는 너
세상살이 힘들 때
나는 너의 버팀목이 될 거야.
5월의 라일락 향기처럼
우리 서로에게
향기 품은 모녀가 되자.

태릉 길을 달리며

아주 먼 날
나는 화랑대의 남자를 만났다.
처음엔 그냥 심심해서 만나고
첫 만남부터 장난기로 시작해
긴장하지도 않았고
몇 번 만나다 고만두려고 했었지.
끈질긴 구애와 성실함에
나도 몰래 같은 곳을 바라보며
한평생
그렇게 살다가 내 가슴속에 그리움을 심어 놓고
가도 가도 못 쫓아갈 먼 곳으로 가 버린 그 남자
늘
부족한 나를 사랑해 줘서 고맙다고 허공에 대고
인사말을 건네게 된 사이
오늘
태릉 길 따라 달리다 그대를 만났네.
언제나 만면에 미소를 띠며 쳐다보던 눈빛
화랑대 앞에서 보았네.
젊었던 그대를.

목소리

전화선을 통해 들으면
내 목소리는 꾀꼬리가 되는지
가끔
여러 사람을 실망하게 한다.
친구들은 "엄마 바꿔라."
아파트 보수 센터 아저씨는 "아이고, 젊은 분인 줄 알았어요!"
카드 회사 직원은 "목소리가 너무 젊으세요."
그러면 뭐 하나?
방년 65세 할망구인걸.

잊지 않을게

너의 자태는 아름다웠어.
잊힐까 두려워하지 마.
포실포실
바람 타고 훨훨 모든 것 내려놓은 마음
순수의 결정체였지.
순수처럼 아름다운 것이 세상에 어디 또 있으려고.
끓는 가슴과 차가운 머리
너를 잊을 수는 없을 거야.
잊지 못할 거야.
흰 눈
너를.

흰 눈 3

냉정하게 얼어붙었던 흰 눈이 녹아내린다.
햇빛이 따뜻한 마음을 보냈다.
용서는 내 마음
누구나 얼고 녹는다.

흰 눈이 얼어 있을 때
얼마나 아팠을까.
용서하고 따뜻한 사랑 보내니
줄줄 흐르던 눈물 닦고 웃고 있구나.

그런 날

언제 청춘이라는 날이 나에게 있었나.
봄비 내리고 안개 자욱한 산자락 바라보니
아득히 먼 날
청춘 그런 날이 있었다.
산 너머 멀리 그런 날이 있었다.
그립다.
청춘, 그런 날이 그립다.

섣달그믐날

어제오늘 그런 날이 아니지요.
올해 마지막 날
한 해 뒤돌아보니
별일 없이 지냈습니다.
그렇게 기쁜 날도
그렇게 나쁜 날도 없이
내 마음 크기만큼 보고 느끼고 살았습니다.
이만큼 살 수 있음에 감사합니다.
거친 파도 없이 지나간 시간
평온함에 지루하다고 불평한 건 오만이었습니다.
새해에는 한 살 더 먹은 만큼
성숙한 삶의 태도로 살겠습니다.
늙은 만큼 나잇값 하는 한 해로 살겠습니다.

내 마음은 무채색

내 마음은 순백의 도화지
빨간색을 칠하면 빨간색을 묻히고
파란색이 놀러 오면 파란색도 묻히고
언제나 누구나 내 마음에 칠할 수 있게
내 마음은 언제나 무채색

골목길

어린 날엔 그리도 넓더니
어른이 되어 찾아가 보니 그냥 골목길
친구들과 오랫말 고무줄놀이 땅따먹기 공기놀이하던 곳
아주 넓었다고 생각했었던 게 환상이었나 보다.
어른이 되고 보니 깨진 환상이 어디 이것뿐이랴.
환상 속에 잡혀 있을 때가 행복이고 아름다움이려니.
세상사 모두.

겨울 강

겨울에도 강물은 흐른다.
숱한 이야기를 싣고.

설레는 강물 위에 눈발은 흩날리고
사랑하는 이의 마음도 흐른다.

살아도
살아도
아픈 겨울이여.

너도 흐르고
나도 흘러가 보자.

편하게 살자

억지로 꿰맞추지 말아야지.
원래 자리가 제자리인걸.
편하게 편하게 생긴 대로 살자.
동그란 놈은 동그랗게
네모진 놈은 네모지게.
세상 어디 그렇게 맞춰지나?
맞추려고 애쓰면 애쓸수록 힘은 들고
만족도도 떨어진다.
네모진 놈은 동그란 놈 동그랗다고 인정하고
동그란 놈은 네모진 놈 네모구나 인정하자.
세상을 그렇게 쉽게 편하게 살자.

초겨울의 한강

겨울을 재촉하는 바람이 부는 날
강물은 엄마의 푸른 치마 펼쳐 놓은 듯
출렁이며 흘러간다.
살면서 힘든 것 엄마의 마음으로 다독여 주고
눈물조차 씻어 주는 한강 푸른 물
서울의 젖줄 한강
우리는 그 어미의 젖을 먹고 산다.
아름다운 푸른 물에서 섞인 사랑
감사하다.
누구나 품어 주는 넓은 가슴
한강수여 영원히~

가을 여자

나는 되고 싶소.
가을 여자가.
시퍼런 청춘 다 지내고
곱게 옷 갈아입은 그런 여자이고 싶소.
아! 곱다.
쳐다보는 사람 눈길마다 미소가 머물고
마음을 따뜻하게 데우는
그런 가을 여자이고 싶소.
짙은 향은 아니드라도
왠지 가까이 가서 맡고 싶은
묵은 향기 품은 그런 여자이고 싶소.

낙엽 이야기

한때는 초록빛으로 빛났습니다.
살랑바람에 춤도 추었습니다.
비바람도 무섭지 않았습니다.
나에게도 그런 날이 있었습니다.
지금 뒤돌아보면
바람에 날려 멀리멀리 날아가다
길거리 바닥에 주저앉았습니다.
오가는 이의 눈길에 기쁨을 주고
오가는 이의 발길에 사각거림으로 대답합니다.
"오늘 하루 행복하세요."
내 소리가 작아 들리지 않아도
나는 그렇게 믿습니다.
내 소리가 사람들 마음에 전달될 것이라고.
행복을 전할 수 있는 낙엽이 되어
바람에 날려도 나는 행복합니다.

가을비는

사랑이 붉게 물들다 눈물로 흘러내린다.
마냥 아름답게 놔두지....
시간의 야속함 알라고
모든 것은 변하고야 만다고
가을비는 추적추적 이야기하고 싶은 모양이다.
그대로 머물고 싶은 마음은 욕심이었나 보다.
변하는 것
가는 것
모두 받아들이자.
돌고 도는 자연의 이치를 받아들이자.
붙잡고 싶은 마음이야 하늘 같지만.

9월이 오면

작은 탁상용 캘린더만 보고 살다가
벽에 걸린 캘린더를 보니 7월에 머물러 있다.
한꺼번에 두 장을 뜯어내며 가슴이 철렁했다.
세월을 한꺼번에 보낸 것 같은 마음이 드네.
마지막 캘린더도 아닌데 왜 이리 아쉽기만 한지 모르겠다.
나이 먹어 가며
점점 세월의 유속에 끌려 흘러가는 것 같아
멈추고 싶다.
흘러가는 도중 조그만 섬이라도 한 개 나타나
좀 쉬었다 가면 좋으련만....
산들바람과 함께 오는 9월
재미있는 일 즐거운 생각으로 살아 봐야지.
흐르는 세월 무상타 말고.

인생

하루하루를 객차처럼 줄줄이 붙여
길고 긴 레일 위를 달려갑니다.
급행보다는 완행열차처럼
느리게 느리게 가고 싶네요.
이름 모를 간이역에 내려
들꽃의 아름다움에 취해도 보고
산새 소리에도 마음 내어 흔들려도 보고
마냥
즐거운 여행길을 가고 싶네요.
꿈처럼 달콤하게 살고 싶네요.
종착역에 도착할 때까지.

작은 꽃

조그만 화분에서 꽃을 피웠다.
보일 듯 말 듯 작은 체구에서
어찌 그렇게 이쁜 꽃을 피웠누?
진하지 않은 은은한 향기를 품고
남에게 기쁨을 주는 너는 좋겠다.
작고 이쁜 꽃아.

오빠 생각

오빠 기억나?
나 6살 때 업고 극장 갔던 거?
전쟁 영화라서 무서워 집에 가자고 찡찡댔었지.
영화 제목이 KEY라고 했어.

오빠 기억나?
나 국민학교 3학년 때
새 책 받아 오던 날
오빠가 달력 종이로 책 표지 싸 주면서
책에 나오는 속담 물어봤던 거.
다른 건 다 맞혔는데
공든 탑이 무너지랴의 뜻을
내가 곰곰이 생각하다 첨성대를 생각하고선
큰 탑 속에 조그만 공이 들어가면 안 무너진다고 했더니
오빠가 "푸하하" 웃었던 거.

오빠 기억나?
국민학교 6학년 때 오빠 군대 가던 날
아침밥 같이 먹고 내가 먼저 나서면서
오빠한테 잘 갔다 오란 인사도 못 했던 거?
그때 목이 메어서 눈물이 나서 그랬던 거야.

오빠 기억나?
중학교 1학년 때 오빠가 물어본 영어 단어 STOP
못 썼다고 혼냈던 거?
그날 너무너무 창피했어.
내가 너무 무식한 것 같아서.

오빠 기억나?
방학 때면 뒤꼍에 가마니 깔고 도너츠 해 주던 거?

오빠 기억나?
중학교 3학년 때 공부 안 한다고
"너 고등학교 떨어지면 공장에서 드롭프스 싸야 한다."라고
나에게 겁줬던 거?

오빠 기억나?
군대에서도 항상 나에게 편지를 보냈었지.
제목은 언제나 "똑똑한 우리 귀복이에게"였어.
나도 가끔 건강하게 군 생활 잘 하라고 답장을 보냈지.
그 주소를 아직도 기억해.
강원도 원주시 단계동 산1번지

오빠!
몸 아프고 잠 안 오는 밤
보고 싶다.
오빠는 나에게 등대 같은 존재였어.

찔레꽃

봄 새악시 되어
조그만 얼굴 하얗게 분칠했구나.
쳐다보는 오가는 이 누구든
수줍은 미소로 반기는 너는
천사라고 부르고 싶다.
찔레야
찔레야
마음 아픈 사람
몸이 아픈 사람
모든 사람에게 치유의 기쁨을 선사해 주렴.
아름답고 정갈한 꽃이여.

내 친구 702호

난 706호 그녀는 702호
우린 그렇게 만난 이웃사촌
동갑내기 친구
왠지 정감이 가는 사투리로
깔끔한 살림 솜씨로
내 마음 가게 하는 친구
아침이면 모닝커피 한잔 나누기도 하고
꽃피는 계절이면
나무 그늘 밑에서 차 한잔하며
속내를 서로 이야기했던
왠지 믿음을 갖게 하는 경상도 아지매
한동안 못 만났어도 전화하면
어제 만났던 것처럼 반갑게 맞장구쳐 주는 친구
무슨 청을 해도 다 받아 주는 친구
나 또한 팥으로 메주를 쑨다 해도 믿을 것 같은
신뢰가 가는 내 친구 702호

모래시계

뜨거운 열기 속에 가부좌 틀고 앉아
모래시계를 쳐다본다.
온몸 달궈지며 흐르는 땀방울
지루하다 싶게 서서히 내려가는 모래
눈 감고 지나온 세월 되돌리는 새
시계 속 모래는 아래로 도망을 가고
투명한 얼굴로 웃고 있네.

살다가 어느 순간은
왜 이리 지루한가 생각한 적도 있었지.
그러나
살아온 세월 뒤돌아보면
60여 년 세월이 한순간인 양
아무것도 남기지 않고
투명하게 보일 때가 있지.

남동생

동생 셋 중에 유일한 남자
어릴 적 때꼬장물 졸졸 흐르던 머슴아
뿌연 연기 뿜고 지나가던 소독차를 따라가다
박치기해서 눈탱이 밤탱이도 되고
겨울철 나가 놀다 손 시리다며 울며 들어왔다가
아랫목에 손 넣고 녹으면 금세 뛰어나길 반복하던
어리석기 짝이 없던 아이

어느새 세월 흘러
흰 머리카락이 성성한 노인이 되고
은퇴하여 텃밭을 가꾸는 백수가 되고
나보다 먼저 손주를 셋이나 둔 할아버지

혼자 여행 가고 싶다고 노래를 부르다
결국은 엄처시하를 벗어나지 못하는
어쩔 수 없는
한국의 남자
내 남동생

내가 늙어 보니 알겠소

내가 늙어 보니 알겠소.
아름다운 하늘과 땅이 있다는걸.

내가 늙어 보니 알겠소.
마음의 아름다움이 진짜 아름다움이라는 걸.

내가 늙어 보니 알겠소.
어머니 아버지의 사랑은 숭고한 희생이었다는 걸.

내가 늙어 보니 알겠소.
진실은 언젠가 밝혀진다는 걸.

내가 늙어 보니 알겠소.
하루하루가 보석같이 소중하다는 걸.

내가 늙어 보니 알겠소.
역지사지하는 마음으로 살면 행복하다는 걸.

내가 늙어 보니 알겠소.
겉모양은 오래가지 않는다는 걸.

내가 늙어 보니 알겠소.

눈감고 저세상 갈 때

후회 없이 미소 짓고 갈 수 있는 삶을 살아야 한다는 걸.

친구여

친구여!
봄바람 살랑 불어 좋은 일만 있을 줄 알았네.
우리가 산 세월 그리 길지도 않은 듯한데
녹슨 철길처럼
이제는 고치고 다듬고 가야 할 길인가 보네.

친구여!
바람처럼 구름처럼 흐르는 인생
너무 무겁게 짐 지고 살지 마시게.
하나씩 하나씩 내려놓고
훌훌 우리 그렇게 가볍게 살아보세.

친구여!
외로워 마시게.
힘내시게.
봄꽃 향기보다 짙은 내 마음 담아 그대에게 보내네.

봄이 오고 있단다

처마 끝에서 눈물이 흐른다.
주르륵 주르륵
똑 똑 똑
아무리 모질고 혹독한 시간이었어도
이별은 슬픈가 보다.
울지 말아라.
울지 말아라.
봄이 오고 있단다.
꽃 피고 새 우는 봄이 오고 있어.

가을의 문턱에서

새파랗던 잎새에
겸손이 내려앉는다.
그다지 춥지는 않아도
게으른 마음을 정신 나게 하는 가을

돌아가는 사계절 로터리
가을의 지점에선
지친 여름을 기억한다.

삐그덕거려도
잘 굴러온 시간에 대한 감사
지금 이 시각
이 가을 앞에 서 있음에
빨간 단풍의 아름다움에 취할
그날을 기다리며.

한가위 둥근 달

휘영청 둥실둥실
보름달이 떴다.

고개 들어 밤하늘의 그대를 보았다.
마음속 숨어 있는 염원
그대는 아시리라.

분에 넘치는 욕심 없이 지금까지 살아왔듯이
앞으로도 그렇게 살게 해 주옵소서.
마음의 출렁임 없이 편안하게 살게 해 주옵소서.
내 주변 모든 이의 영과 육이 그대처럼 밝아
온 세상이 밝음으로 빛나게 해 주옵소서.

냉장고 비우기

다람쥐를 닮았나?
쌓아 놓고 쌓아 놓고
다음에 먹지
나중에 먹지 한 것이
냉장고 한가득

비우고 살자.
미련 없이 버리고 살자.

내 마음도 이럴지 몰라.
미움 분노 증오
그때그때 못 풀고
마음의 냉장고에 쌓아 두고
가끔 꺼내 보고 버리지 못하는 습성

냉장고도 비우고
내 마음도 비우고

채우려고 하지 말자.
가볍게 살자.

밤바다

바다는 모른다.
누가 울고 갔는지.

바다는 모른다.
누구의 가슴이 미어지게 아팠는지.

검고 푸른 밤바다에
눈물이 흐른다.

멀고 먼 바다
끝 보이지 않는 밤바다

아무도 모른다.
누구의 이야기가 묻혀 있는지.

제주에서

봄이 온다네

봄이 온다네.
봄이 온다네.

하늘에서부터 땅속까지
봄이 온다네.

살랑살랑 부는 바람은
목 밑을 애무하고
달래 씀바귀 냉이는
살포시 땅 위에 올라앉았네.

이대로 영영 봄이면 좋겠네.
오고 가지 말고
늘 봄이면 좋겠네.

우리 그렇게 살아요

한세상 살면 얼마나 살까요?
기껏해야 한 백 년도 못 사는데
뭐 그리 잘 살아 보겠다고
작은 일에 분노하고
작은 가슴 애태우며 사나요.

파란 하늘이 깨끗하고 아름답듯
하늘처럼 살아요.
묵묵히 변함없는 대지처럼
흔들리지 말고 살아요.
우리 그렇게 살아요.

봄인가 봐

땅 위엔 아직도 잔설이 남아 있는데
자그마한 풀잎 고개를 내밀고 있다.
봄이다 봄이야 노래를 부르며.

긴 겨울 엄동설한 잘 견디고
뾰죽히 고개 내민 새 생명이 신통하다.

사노라면
엄동설한만 있겠는가.
모진 바람 세찬 비 폭풍 다 있겠지.

견디는 것이 미덕이다.
참아 내는 것이 힘이다.

봄날은 온다.
꽃바람 타고 온다.

빈 하늘

빈 하늘을 보셨나요?
구름 모두 흘려보내고
더욱 푸르게 내려앉은 하늘을.

빈 나뭇가지를 보셨나요?
세월의 바람 맞아 잎새는 다 떨구고도
그 자리에 그대로 의연하게 서 있는.

한세상 살아가는 이치가 다 그런 게지요.
하늘엔 구름이 머물다 가고
나뭇잎은 푸르다 낙엽 되어 떨어지고.

가을

빠알간 가을 속에 파란 하늘이 날아간다.

보기만 해도 좋은 가을은
내 님처럼 깔끔하다.

길게 길게 햇살을 받고 싶다
내 마음속까지 익을 수 있게.

한나절 익히다 만 저녁 하늘엔
허연 반달이 비시시 겸연쩍게 일찍 나와 웃고
금방 돌아가야 하는 햇살은
미안함에 바람을 보냈다.
설익은 낙엽 냄새와 함께.

아! 좋다
가을의 모든 것이
익으면 익은 대로
설익으면 설익은 대로
내 마음이 한가해서 좋다.
빠알갛게 익어 가서 좋다.

명동

빙글빙글 돌고 도는 회전목마 같은 거리
명동

젊음이 넘치고 네온 빛이 춤을 췄다
수많은 이야기가 오가던 거리
명동

레멘브로이의 생맥주
통기타 선율
활화산 같은 청춘이 소리치던
그곳
명동

인생도 사랑도 청춘도
이제는 가 버린 추억의 거리

왜 모르겠습니까?

해가 뜨면 진다는 것
왜 모르겠습니까.

밝은 날이 있으면 어두운 날도 있다는 것
왜 모르겠습니까.

더운 여름이 있으면 추운 겨울도 있다는 것
왜 모르겠습니까.

그러나 서글픕니다.
푸르른 잎 마냥 푸르르지 않다는 것 모르는 건 아니었는데
한 잎 두 잎 떨어질 때마다 서글픕니다.

꽃은 피었다 지면 다시 피고
잎은 져도 다시 푸르를 날 있는데
우리네 인생은 한번 가고 나면 다시 돌아오지 않습니다.
그래서 서글픕니다.

그러나 기다리겠습니다.
푸르름이 가도 단풍 들 날 기다리듯
서글픔 대신 멋진 날을 기다리겠습니다.
아름다운 인생을 꿈꾸겠습니다.

해금강

섬
섬
섬

겨울이라 더 푸르고 깊은 바다
섬 하나 추억을 기억하고
섬 하나 사랑을 담고
섬 하나 또 다른 이야기를 꿈꾼다.

질곡 없이 살아온 사람의
마음처럼
출렁임 없이 옹기종기 섬을 품고 있구나.

거제 해금강
섬

섬 섬

질곡의 삶 살아온 사람에겐 푸른빛 바다 보자기로
섬 하나에 행복 한 자락 얹어 주고
슬픔 안고 온 사람에게도 희망 보따리 섞어
섬 하나 건네주고 싶다.

너와 나 우리
모두 모두 행복한 남쪽 바다 해금강
나비처럼 행복해지고 싶다.

달님 달님

그렇게 퍼붓던 비 때문에
기대하지 않았는데
한가위 보름달이 떴습니다.

반가움에 창문을 열고
인사를 하고
두 손을 모으고 기도를 했지요.

해마다 의례적인 나의 기도이기도 하지만
혹시나 달님은 내 기도 들어주시려나
기대하는 맘도 큽니다.

크게 잘하고 산 것도 없는데
뭘 해 달라고 바라는 나를 보면
달님은 웃겠지요.

원하는 기도는 나의 다짐이기도 합니다
마음가짐 잘 하고
내 가족과 내 이웃에게 보탬이 되고 싶은
근본적인 내 마음자리를 지키겠다는
달님과의 약속이기도 합니다.

일 년 열두 달 달님 없는 밤은 없지만
팔월 한가위 밝은 달님하고는
허심탄회하게 나를 내보이고
이야기하고 싶어집니다.

달님의 밝음 때문인가요
달님의 환한 미소 때문인가요.

제주도

언제 가 봐도 이국처럼 느껴지는 제주도
여러 번 가 봤지만 갈 때마다
새로운 멋을 느낄 수 있는 아름다운 곳이다.

처음 제주에 간 것이
고등학교 일학년 여름 방학 때이다.
언니가 제주로 시집을 가서 살았기 때문에
방학을 이용해 난생처음 동생이랑 긴 여행길에 올랐다.
엄마가 학생 신분을 밝혀야 안전하다고 해서
교복을 입고 호남선 기차를 타고 목포에 새벽에 내려
안성호라는 배를 타고 제주에 도착했다.

제주에서 교편생활을 하는 형부와 제자들이랑
곽지해수욕장에서 야영도 하고
색다른 풍습들과 가옥 구조 그중에 제일은
돼지가 사는 화장실이었다.

제주 여행 후 지리 시간에 장장 두 시간 연속으로
제주 이야기를 했었던 기억이 난다.
모든 게 새롭고 신기한 이야기들이라서 친구들이
재밌게 들어 줬나 보다.

요즘은 제주에 가면
노후에 살고 싶다는 마음이 많이 든다.
질리도록 아름다운 곳에서 살고 싶다.
종려나무 푸른 바다 검은 돌
그 속에 나도 함께 늙어 가고 싶다.

멋진 엄마

날이 흐려서 그런지 늦잠을 신나게 자는데
전화벨이 질기게 울린다.
또 은행 아님 홈쇼핑 전화겠지 하고
이불을 뒤집어썼다.
이젠 핸드폰 벨이 울리기 시작한다.
이건 꼭 필요한 전화라는 신호다.

이불을 박차고 일어나
목소리 좀 가다듬고 받았다.
자다 일어난 표시 안 내려고.

미국에서 걸려 온 엄마의 목소리다
"엄마야?"
"응, 보고 싶어서 목소리라도 들으려고 했는데
왜 이렇게 전화를 안 받니?"
"으응, 잤어. 어제 늦게 자서.
광고 전화인가 해서 일부러 안 받았어."

"별고 없이 잘 있지?"라는 말로 시작하여
거의 한 시간을 통화했다.
아흔이라는 연세가 믿어지지 않게
카랑카랑한 목소리에 안심이 된다.

지난번 아흔 잔치에 찍은 사진 중에
목사님이랑 찍은 사진이 더 필요하단다.
"엄마가 컴퓨터를 하면 금방 보내 줄 텐데." 했더니
컴퓨터를 갖다 놓고도 필요 없다고 설치를 안 했다기에
남동생에게 연락해서 설치해 달라고 이야기하라고 했다.

이제 컴퓨터까지 하는 할머니가 되시면
정말 멋질 것 같다.
다른 건 놔 두고
이메일하고 보낸 사진만 볼 수 있음 좋겠다.
한국에 날 따뜻해지면
한번 나오시면 좋겠다고 하니 자신 있으시단다.
"웬일이야? 엄마 백 년은 살겠다." 했더니
"그럼! 아흔까지 살아 보니 백 살까지도 살 것 같다." 하신다

멋진 엄마
아직 어디 아프다는 소리 없이 잘 사는 모습이
기특하고 대견스럽다.
나도 엄마 닮았으면 좋겠구만.
아무리 봐도 난 아버지를 많이 닮은 것 같다.

92세까지 사셨으니 그것도 나쁘지 않지.
나중에 몇 년 치매로
기억 못 하신 것만 안 닮았으면 좋겠구만.
피해 갈 수 있으려나?

별처럼

밤하늘에 빛나던 별처럼
아름답게 살고 싶습니다.

아무 말 없이
자체로 발광하는 별처럼
그렇게 살고 싶습니다.

누가 보지 않아도
누가 기억해 주지 않아도
노여움이나 미움이나 원망 없이
항상 같은 빛으로
그 자리에서 빛나는 별
그렇게 소리 없이 살고 싶습니다.

구름이 덮어 빛을 보이지 못해도
묵묵히 구름 걷힐 날 기다리는
참을성 있는 별
그렇게 기다릴 줄 아는
나이고 싶습니다.

시험에 대한 에피소드

이날까지 살면서
아니지.
학교 다닌 시절에
수많은 시험에 시달리며 살았다.

나는 시험 볼 때마다 긴장감이 싫어서
빨리 어른이 되고 싶었다.
시험만 안 본다면 학교는 얼마든지 다닐 것 같았다.

중학교 2학년 때 한자 시험에
"부모님의 성함을 한자로 쓰시오."
라는 문제가 나왔다.

아버지 성함은 문제가 없는데
엄마 성함엔 목숨 수 자가 들어가니
잘못하면 획 하나 빠뜨릴 것 같았다.
궁리 끝에 내린 결정
엄마 성함을 개명해 버렸다.
간단하고 쉬운 이영자로
호적을 대조할 것 같지 않아서.

그리고 고등학교에 입학하여
배치고사를 봤다.
그 성적을 들고 담임 선생님이 가정 방문을 다니셨다.
하지만 그 성적은 성적에 들어가지 않는다고 했다.
한번 시험해 보고 싶었다.
공부 하나도 안 하고 내 맘대로 찍으면
과연 몇 등이나 할까 하고.
그런데 그 결과는 놀라웠다.
우리 집 가정 방문을 마치고 다음 친구네로
박우동 선생님을 모시고 가는 길에
선생님께서 말씀하셨다.
"네 성적을 어머니께 차마 말할 수 없었다.
너 우리 반에서 꼴찌에서 두 번째다."
그래도 한번 잘 해 본 것 같다.
공부 안 하면 어찌 되는지 알았으니.

대학 입시 시험 때
난 문과에서 이과를 갔다.
다른 건 몰라도 수학이 문제가 됐다.
그때 이정원 선생님께서 말씀하셨다.

"너 수학 만점 받을 거니? 걱정할 것 없다.
아는 것만 풀면 합격이다."
얼마나 마음 편하게 해 주셨는지
역시 우리 선생님들은 훌륭하셨어.

그런데 어른이 되고 시험은 없어졌으나
계속되는 눈에 안 보이는 시험이 더 어렵고 힘들더라.
차라리 잠깐 풀면 끝나는 시험 볼 때가
더 부담 없고 행복했다는 걸 이제야 알겠네.

기억의 쉼터

1판 1쇄 발행 2022년 2월 15일

지은이 단귀복

교정 윤혜원
편집 이정노

펴낸곳 하움출판사
펴낸이 문현광

주소 전라북도 군산시 수송로 315 하움출판사
이메일 haum1000@naver.com   **홈페이지** haum.kr

ISBN 979-11-6440-923-5(03810)

좋은 책을 만들겠습니다.
하움출판사는 독자 여러분의 의견에 항상 귀 기울이고 있습니다.